W9-BMI-955

PALM BEACH COUNTY
LIBRARY SYSTEM
3650 SUMMIT BLVD.
WEST PALM BEACH, FL 33406

Nota para los padres y encargados:

Los libros de *Read-it!* Readers son para niños que se inician en el maravilloso camino de la lectura. Estos hermosos libros fomentan la adquisición de destrezas de lectura y el amor a los libros.

El NIVEL MORADO presenta temas y objetos básicos con palabras de alta frecuencia y patrones de lenguaje sencillos.

El NIVEL ROJO presenta temas conocidos con palabras comunes y oraciones de patrones repetitivos.

El NIVEL AZUL presenta nuevas ideas con un vocabulario más amplio y una estructura gramatical más variada.

El NIVEL AMARILLO presenta ideas más elevadas, un vocabulario extenso y una amplia variedad en la estructura de las oraciones.

El NIVEL VERDE presenta ideas más complejas, un vocabulario más variado y estructuras del lenguaje más extensas.

El NIVEL ANARANJADO presenta una amplia de ideas y conceptos con vocabulario más elevado y estructuras gramaticales complejas.

Al leerle un libro a su pequeño, hágalo con calma y pause a menudo para hablar acerca de las ilustraciones. Pídale que pase las páginas y que señale los dibujos y las palabras conocidas. No olvide volverle a leer los cuentos o las partes de los cuentos que más le gusten.

No hay una forma correcta o incorrecta de compartir un libro con los niños. Saque el tiempo para leer con su niña o niño y transmítale así el legado de la lectura.

Adria F. Klein, Ph.D.
Profesora emérita, California State University
San Bernardino, California

Editor: Christianne Jones
Designer: Nathan Gassman
Page Production: Angela Kilmer
Creative Director: Keith Griffin
Editorial Director: Carol Jones
The illustrations in this book were created digitally.
Translation and page production: Spanish Educational Publishing, Ltd.
Spanish project management: Jennifer Gillis/Haw River Editorial

Picture Window Books
5115 Excelsior Boulevard
Suite 232
Minneapolis, MN 55416
877-845-8392
www.picturewindowbooks.com

Printed in the United States of America.

Library of Congress Cataloging-in-Publication Data
Blackaby, Susan.
[Riley flies a kite. Spanish]
El papalote de Pablo / por Susan Blackaby ; ilustrado por Matthew Skeens ; traducción, Clara Lozano.
p. cm. — (Read-it! readers en español)
Summary: After trying to fly his kite in different places, Pablo finally finds the perfect spot.
ISBN-13: 978-1-4048-2707-3 (hardcover)
ISBN-10: 1-4048-2707-2 (hardcover)
[1. Kites—Fiction. 2. Spanish language materials.] I. Skeens, Matthew, ill. II. Lozano, Clara. III. Title. IV. Series.

PZ73.B5537 2007
[E]—dc22 2006008328

El papalote de Pablo

por Susan Blackaby
ilustrado por Matthew Skeens
Traducción: Clara Lozano

Con agradecimientos especiales a nuestras asesoras:

Adria F. Klein, Ph.D.
Profesora emérita, California State University
San Bernardino, California

Susan Kesselring, M.A.
Alfabetizadora
Rosemount-Apple Valley-Eagan (Minnesota) School District

PICTURE WINDOW BOOKS
Minneapolis, Minnesota

Pablo hizo un papalote de papel.

Le pintó estrellas amarillas
en los dos lados.

Le amarró una cuerda café
de cola y le puso moños rojos.

Pablo y su papá salieron al jardín.

No había viento.

El papalote no volaba.

PARQUE

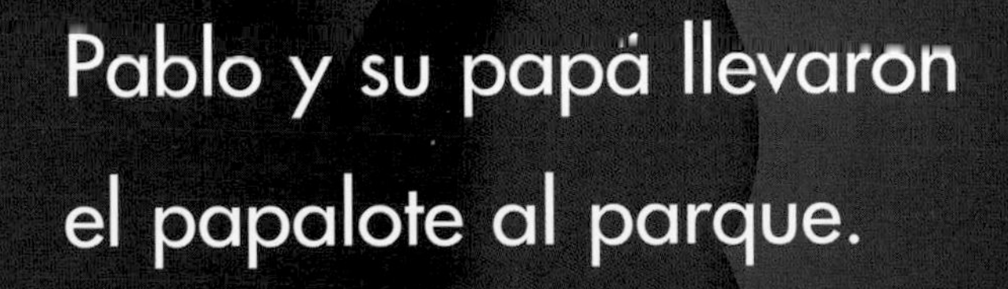

Pablo y su papá llevaron
el papalote al parque.

El papalote se enredó
en un árbol.

¿Dónde podría Pablo volar su papalote?

Necesitaba un lugar sin árboles y también necesitaba brisa.

A Pablo se le ocurrió una idea.

Conocía un buen lugar
para volar su papalote.

El campo de fútbol americano de la escuela era el lugar perfecto para volar su papalote.

Más *Read-it!* Readers

Con ilustraciones vívidas y cuentos divertidos da gusto practicar la lectura. Busca más libros a tu nivel.

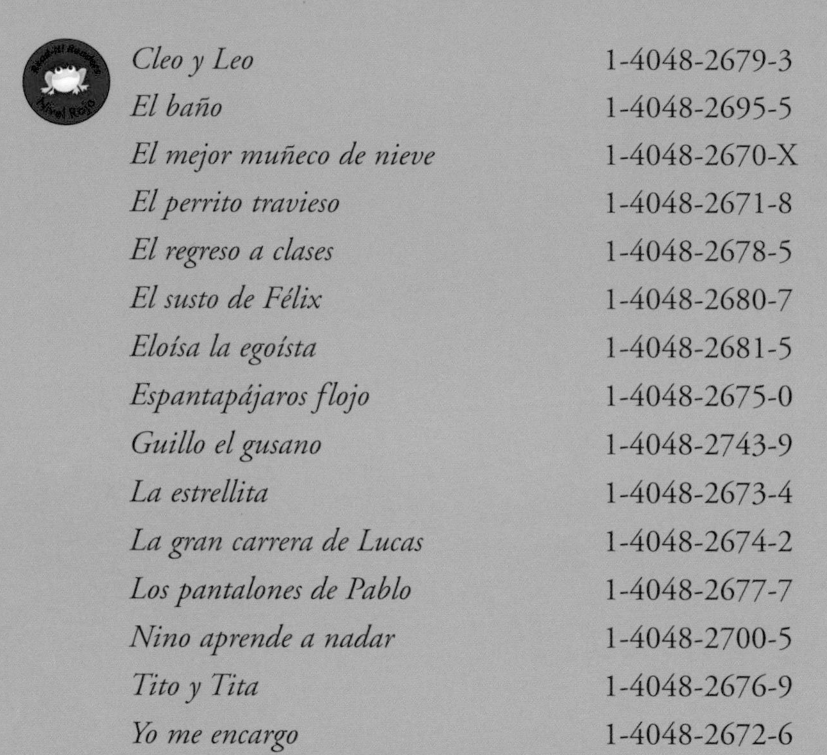

Cleo y Leo	1-4048-2679-3
El baño	1-4048-2695-5
El mejor muñeco de nieve	1-4048-2670-X
El perrito travieso	1-4048-2671-8
El regreso a clases	1-4048-2678-5
El susto de Félix	1-4048-2680-7
Eloísa la egoísta	1-4048-2681-5
Espantapájaros flojo	1-4048-2675-0
Guillo el gusano	1-4048-2743-9
La estrellita	1-4048-2673-4
La gran carrera de Lucas	1-4048-2674-2
Los pantalones de Pablo	1-4048-2677-7
Nino aprende a nadar	1-4048-2700-5
Tito y Tita	1-4048-2676-9
Yo me encargo	1-4048-2672-6

¿Buscas un título o un nivel específico? La lista completa de *Read-it!* Readers está en nuestro Web site: *www.picturewindowbooks.com*